시련은 깜찍하다

황금알 시인선 167

시련은 깜찍하다

초판발행일 | 2018년 2월 28일

지은이 | 고인숙
펴낸곳 | 도서출판 황금알
펴낸이 | 金永馥
선정위원 | 김영승 · 마종기 · 유안진 · 이수익
주간 | 김영탁
편집실장 | 조경숙
표지디자인 | 칼라박스
주소 | 03088 서울시 종로구 이화장2길 29-3, 104호(동숭동)
물류센타(직송 · 반품) | 0426 서울 중구 퇴계로36가길 82-13(필동2가)
전화 | 02)2275-9171
팩스 | 02)2275-9172
이메일 | tibet21@hanmail.net
홈페이지 | http://goldegg21.com
출판등록 | 2003년 03월 26일(제300-2003-230호)

ⓒ2018 고인숙 & Gold Egg Publishing Company Printed in Korea

값은 뒤표지에 있습니다.

ISBN 979-11-86547-93-9-03810

*이 책 내용의 전부 또는 일부를 재사용하려면 반드시 저작권자와 황금알 양측의
  서면 동의를 받아야 합니다.
*잘못된 책은 바꾸어 드립니다.
*저자와 협의하여 인지를 붙이지 않습니다.
*이 도서의 국립중앙도서관 출판예정도서목록(CIP)은 서지정보유통지원시스템
  홈페이지(http://seoji.nl.go.kr)와 국가자료공동목록시스템(http://www.nl.
  go.kr/kolisnet)에서 이용하실 수 있습니다.(CIP제어번호: CIP2018003842)

시련은 깜찍하다

고인숙 시집

황금알

이만큼의 성과만으로도

감사할 뿐이다

아직도 끝나지 않았다

영월에서

고인숙

차 례

1부

산국 · 12

가위를 든 여자 · 13

강 · 14

허기 · 15

땅속은 찜 솥 · 16

밥 · 17

겨울 산 · 18

앵두 · 19

산딸기의 6월 · 20

7월 · 21

흰 목련나무의 이사 · 22

어느 가을날 · 23

새들의 말 · 24

2부

이런 날씨 · 26

불현듯 깨닫는 것 · 27

건망증 · 28

우리는 무엇이 되어 · 29

시련은 깜찍하다 · 30

양파 · 31

백일홍 꽃밭 · 32

도토리나무들의 방학 · 33

손 · 34

애호박 · 35

또 봄 · 36

들고양이 · 37

아카시아꽃 · 38

3부

주천 판운 쌍섶다리놀이 · 40

석류꽃 · 42

어깨 통증 · 43

노래하던 새들은 다 어디로 떠났을까 · 44

국광 한 알 · 46

민둥산 · 48

흩날리는 단풍잎 · 50

잔치국수 · 51

오늘 · 52

늙는다는 것은 · 53

꽃구경 · 54

카약을 타는 남자 · 55

늙은 느티나무 · 56

4부

시 · 58

매화나무 · 59

무청 시래기 · 60

부여에서 · 62

봄날 · 63

간절한 것 · 64

잘 익은 깍두기 맛 · 65

작은 기도 · 66

가을에 피는 꽃 · 67

해동 · 68

봉숭아물 · 69

어느 날의 일기 · 70

산딸기 잔치 · 71

잘 가라 세월 · 72

땅끝 · 73

■ 해설 | 권온

따뜻한 심성, 유추의 논리, 긍정성의 눈 · 76

1부

산국

밭두렁 쑥 굴형 바래가는 산천에
미끄러지고 엎드러지며
정선 꼬마열차 숨차게 따라가는 노란 치맛자락

치장도 못 한 고슬고슬한 매무새로

쨍그랑 서리 머금은 하늘에
억만 송이 별로 뜨는 노란 산국

가위를 든 여자

작은 먼지들이 쌓여 그것이 굳어지면
찌든 때가 되고, 오물이 되고
그렇다고 날마다 전전긍긍 살 수는 없지만
그렇더라도 우리는 늘 청소,
청소가 필요해
쓸데없는 것들을 깨끗이 닦아내다 못해
가위를 들고 싹둑싹둑 오려낼 필요가 있어
억울함이나 가슴 저릿한 아픔
그런 걸 되뇌기엔 우리들의 시간은 너무나 짧지
가버려라 아픔이여
나는 가위를 들고 있어
용서 없이 자르고 가벼워질 거야

강

이쯤에서
날 좀 모른 척해줄 수 없겠니
하다 하다 못해 이젠 배를 가르고
토막을 쳐 소금을 뿌려야 하겠니
야금야금 여기저기 찢긴 상처로 스며드는 온갖 오물들
참느라 상 찡그린 나를 좀 보라
그것도 모자라
이젠 복강을 열고 폐유를 흘려야 성이 차겠니
조석으로 물 드나드는 바다도 아니고
우리 모두 마시고 살아야 할 물길 아니더냐
마시고 살아야 할 물!
마시고 살아야 할 물!

허기

나는 늘 허기가 졌다
시도 때도 없이 먹으면, 또 끼니가 즐겁지 않았다
콩물과 콩 조림과 아삭 고추를 먹고 시원한 냉차를 마
셔도
가슴은 늘 화끈거렸다

따끔거리는 잡풀을 붙잡고 끝없이 뻗어 오르는…
한 톨 열매도 없이 폭양에 누렇게 떠
축 늘어진 호박 덩굴
허위 단심 따가운 산초나무도 마다치 않고 기어올라
무슨 영화를 보려는 것인지
나 자신의 모습인 양 측은했다

땅속은 찜 솥

지난겨울 요양병원 들어가신 할머니네 밭 지나다 보네
삭은 옥수수 섶 아래 설핏 연둣빛 가녀린 마늘 싹들 여
러 개 보이네
이쪽 밭둑도 살펴보니
냉이 싹, 꽃다지 고물고물 쫌쫌 재롱이 한창이네
아직 바람 쨍쨍
눈 팔랑이는 경칩
땅속은 김 모락모락 찜 솥인가 봐
쉬지 않고 김 오르는 찜 솥인가 봐
폭신폭신 찐빵 가득 찜 솥인가 봐

밥

그 한 그릇의 의미
그 따뜻함과
그 눈물겨움과
그 흐뭇함을

칼바람 엄동의 저녁
  헛헛한 창자 속을 비집고 들어오는 시래깃국에 말은
밥 한 그릇
  그것을 위해 진종일 서성거리던 지게를 진 남자
  노심초사 뛰는 사람들
  그것을 위해 무참히 무릎 꺾는 사람들

밥이 곧 목숨이던
그러나 요사이는 슬슬 멀리하기도
하지만 하루도 진득한 밥에서 떨어질 수 없는 우리들

겨울 산

전에 없던 폭설과 강추위가 지난 일주일 후쯤
1,400고지 백두대간 산마루에서 내려다본
크고 작은 정삼각형의 산봉우리들
남빛 테두리에 심부는 희끗희끗한 바탕의 소나무 숲
산봉우리
밤색 테두리에 심부는 희끗희끗한 바탕의 갈나무 숲
산봉우리
수백 개의 그 질서정연 늘어선 세모들의 도열이
하도나 엄숙하고 오묘하여
참말 사람들의 하찮은 일로 복닥거리는 세상이 부질없다

그 화가의 세필 솜씨 이리도 정교하고
아름다워 주뼛 머리털이 곤두서네

앵두

귀퉁이 닳은 토담집 뒤 곁
열일곱 앳된 새댁 같은 앵두나무 두 그루

말간 산홋빛 앵두로 칠갑한 지 몇 며칠
농익어 자줏빛으로 말라가고 있었네

디딤돌 위 올라서서 손 내밀다 미끄러져
에쿠 손등만 벗겨지고
깨갱 부지깽이 맞은 듯 자지러지는 강아지 소리
빈집은 아닌듯하고

두문불출 꼭 짠 시래기 쪽 같은 노파 홀로 산다는
문간 상추밭도 봉두난발

며칠 후 지내며 보니
푸른 잎만 무성한 앵두나무
대처 사는 다섯 자식 행여 올세라 아껴둔 앵두
말라붙은 젖꼭지 되어 다 떨어지고 말았나 봐

산딸기의 6월

친구여
현충일 즈음
후미진 산기슭 가득
핏방울 같던 산딸기 사태 진 곳
기억 하나요

가시에 손목 발목 긁히며 찔리며 들어서면
너도나도 눈 맞추며 아우성치던
그 올망졸망 영롱한 눈망울들
기억 하나요

펄펄 끓는 피 흩뿌리며 사라져 간
젊음의 열망
그것은 평화

짙푸른 유월에 농익어 흐드러진
산딸기 사태 진 언덕
이 강산 곳곳에 있어요

7월

개 꼬리 삼백 초, 부풀어 흩어지고
일생에 단 한 번 피어난,
흰 용설란도 아깝게 지고
먼 숲에서 잦아들 듯 뻐꾸기 몇 번 울더니
하얀 참깨 꽃 지자 딱딱한 깻송이 돋아나고
호박도 불끈불끈 근육 부풀리고

장마 짬짬이 힘껏 쏟아 놓는 햇살
옥수수 포도송이 밤송이
터지도록 탱글탱글
마늘 뒷 그루로 늦게 심은 콩나물 콩도
이때를 놓칠세라
다닥다닥 오지게 매달려
땀 뻘뻘 흘리며 제 몸을 다지고 있다

흰 목련나무의 이사

식구들 뿔뿔이 흩어지고
초라한 누옥 헐리고
꽃샘바람에 소름 돋는 대낮
아무도 없네
5톤 차에 짐짝처럼 눕혀져
헐린 담장 쓰다듬으며 어딘가로 가고 있네
비명처럼 바람 소리 날카롭네
하얀 달걀들, 수백의 봉긋한 꽃봉오리들
피지 못해 더욱 어여쁜 꽃봉오리들
툭툭 깨고 나온 수많은 병아리들
삐악삐악 봄 마당 마음껏 노래 부르고 싶었는데

어느 가을날

오늘은 오일장
가을걷이가 한창이라 장도 한산하다
별로 신기한 게 없다

뒷산 호박밭으로 가서 여름내 된 일 끝낸 호박 넝쿨
여린 순과 아기 손바닥 같은 토실한 이파리 넣고
잘 치대 끝물 청양고추 두엇 넣고
토장국 맛있게 끓여 저녁 준비했다

베란다로 바라다보이는 뒷산은 날마다 색이 달라졌다
점점 침착해지는 색깔이 나를 다독거리는 것 같았다
일찍 마른 잎들이 져 내리고 잎갈나무
그 칠칠한 팔소매도 성글어져 드디어 산속이 훤히
들여다보이고 있다

제대로 가을이다

새들의 말

쪼로록 금낭화
깍궁 매발톱꽃
숲길 가다가 들었지
떼구르르 떼구르르 지직 찌직
등굣길 아이 만나 물었다
쟤들 뭐라고 그러니?
글쎄요
자꾸만 외치는데
모르겠어요

2부

이런 날씨

늦서리 오지 마라
사월의 마지막 날
남방식물 땅콩을 심는다
그 아래 골은 좀더 기다려 고구마 심을 자리
한낮 땀 뻘뻘
옳지! 하고 고추 모종 심은 날밤
때아닌 우박이 여린 모종을 치고

하느님
잘 좀 봐 주세요

불현듯 깨닫는 것

우리는 이 세상 한 모퉁이를 살짝 붙들고,
발붙이고 소리 없이 살다 가는 것이다
이 세상을 다 알지 못하고,
다 맛보지 못하고 다 누리지 못하고
결국 스러져 갈 하루살이 같은 것이다
늦가을 잎 다 떨어진 숲길에서
소스라치게 깨닫는 이것
그래 아무리 발버둥 쳐 봐도
결국 우리는 그것 밖에는 아닌 것이다

건망증

아픈 옛일과
누추한 기억들은
깡그리 지워버리자고
애써 머리 흔들며 살다 보니
지난 기억들
몽땅 후미진 뒷골목 전봇대 뒤로 숨으며
숨바꼭질 놀이 하자네

고개 갸우뚱
이럴 수가 이럴 수가
필요한 기억들까지
머리칼 날리며 용용 죽겠지
옷깃 얼비치며 이럴 수가 이럴 수가

우리는 무엇이 되어

꿈을 머금은 낱말들이 줄줄이 별똥별 되어 곤두박질치
는 밤
까무룩 졸면서 페이지를 넘기는데
그새 참깨 꽃 하얗게 피고지고
포도는 탱탱 익어가고
우리는 모두 자꾸 낡아가고
영근 강냉이알 같던 시절도 지나
새벽이 오면
비 온 뒤 계족산 갈피에서 피어오르다 흩어지는 수증기
닭의 발이 후벼 판 수많은 계곡에서 피어오르다 흩어
지던 수증기들
벳부 온천 분화구에서 피어오르던 수증기들
수증기는 구름이 되고
또 비가 되고
또 무엇이 되어 떠돌다 스러질까
우리는 모두

시련은 깜찍하다

얼린 바나나를 입에 넣고
시린 이를 어쩌지 못해 입 벌린 채 절절매면서도
그 달콤함에 뱉을 수도 삼킬 수도 없는 몇 초의 시간을
견디는 것처럼
인생에서 우리들의 시련도 그렇게 짧고 깜찍할 거라
믿고 싶다
눈 꾹 감고 잠시만 참는 거다
그리고 호두 포도 단 호박이 여물 듯이 우리들의 꿈이
나 소망도 그렇게 실팍하게
여무는 가을이 있을 거라 생각한다

양파

싹은 아무 때나 트는 게 아니다
구근 싹 키우는 화병 얻었다고
갓 수확한 햇양파 올려놓고
왜 뿌리가 안 내리는지
싹은 왜 안 올라오는지
온 여름내 들여다보다가
실뿌리 조금씩 내린 것 본 지도 두어 달
뒷산 단풍들고
서리 하얗게 내린 아침
한 뼘이나 올라온 푸른 양파 싹을 보았다
어머나
양파
저도 싹이 자랄 때를 알고 있었구나

백일홍 꽃밭

공터 한가득 색색의 백일홍 꽃 피었네
거친 연탄재 더미 위
비실비실 동그란 떡잎들 돋아나서
돈 되는 아주까리인 줄만 알았더니

극성 장마 중 단물 흠뻑 빨아먹고
오마나 색색의 백일홍 꽃
무리지어 한밭을 이룬
축복 같은 꽃
고만고만한 키에
고만고만한 웃음소리
한 송이 시들면
한 송이 피고
또 피고

백일홍 꽃 난만할 동안
온통 거친 비 세상
꿈결만 같았지
날마다 우산 쓰고
꽃밭만 맴돌며 지냈지

도토리나무들의 방학

우리는 모두 방학이 필요하다
도토리나무들의 방학
그 수많은 잎들
뺑돌뺑돌 아가들 거느리고 사느라 애먹었다
이제 모두 날려 보내자
떨궈 버리자
호젓해지자
가뿐해지자
몽땅 털어내고 허리 죽 폈다
찬 하늘 힘껏 손 뻗어 만져 본다
구름도 지긋이 밀어 본다
속이 후련했다
야! 이제 우리도 방학이다

손

분수없이 칼을 쓰는 여자
서툰 솜씨로 능란한 척
무를 채 치다가 붉은 고춧가루보다 먼저 피를
고기를 썰다가 혹은 미끄러운 고추를 썰다가,
대나무로 바늘을 깎다가,
무수한 손의 흉터가
내 마음의 흉터보다 많았다
마음대로 되지 않는 세상
연장 쥐었다고 건방 떨다
이따금 자해하는 쾌감에 깜짝깜짝 튕겨 오르곤 했다

손은 온전히 내 것이라고
이렇게 함부로 해도 되는가
어언 사십 년 세월 지나고
불 밑에 손
돋보기 쓰고 찾아봐도
그 많던 흉터 다 어디로 갔을까

고마운 손

애호박

철망 울타리에 달린 애호박 하나
손 내밀어 따려다
깜짝 놀랐다

이쪽 줄기에서 나온 고불고불한 순과
저쪽 줄기에서 나온 순이 깍지를 끼고
허공의 애 동이를 떠받치고 있었다

행여 떨어질세라
잘 생긴 청둥호박 되어
여문 씨 많이 품으라고

난 울컥하며 돌아서고 말았다

또 봄

이리저리 기웃대지 말고
한우물만 파자고
서해바닷가 진분홍 노을 아래
아득히 저물어도 보고
이건 너무 심한 자폐라고
저잣거리 덩더쿵 흥겨워도 해보다가
아니지 싶어
깊은 밤, 불 밑에 엎드리면
자꾸만 허기지는 마음
그래 남은 날은 헤아리지 않으리
닫아걸어도 움츠려도 막아서도
파릇파릇 쪽파 잎 밀어 올리는
봄은 또 오고

들고양이

폭우 쏟아지다 그친 새벽
애호박 하나 따려고
철망 곁으로 가까이 가
화경 같은 눈빛의
비 쪼르르 맞은 두 마리 중치 고양이
참깨밭 사이로 몸을 피하는 걸 보았다
참깨 다 여물자 잎 다 떨어져 댓잎 같은
보송보송 천연 방수된 참깨 대 아래로
몸을 피하는 걸 보았다
춥고 쓸쓸한 몸짓이었다
눈빛도 어둑어둑했다
거리마다 비칠거리는
실업의 들고양이들
눈에 많이 띄었다

아카시아꽃

주체하지 못하는 속내
알알이 향 짙은 꽃송이로 매달려
고운 꿈 키우던 우리의 딸들
사지를 찢을 듯하던 간밤 비바람에
모두 뛰어내려 진창에 노랗게 짓이겨진
서러운 꽃들
일본은
기억하라
그들의 뭉개진 상처와 자존심을
귀 기울이라
질정 못 하고 떠도는
저 혼령의 흐느낌을

3부

주천 판운 쌍섶다리놀이*

정월 대보름 밤
영월군 주천면 판운 쌍 섶 다리를
북, 장구, 쇠 치며 걸었네
물렁물렁 울렁울렁
생솔가지 너풀너풀
황토는 맨실 맨실
얼음 동동 시냇물 쫄래쫄래 달리고
달은 지금 산 꼭지 싸리 울바자 넘실대다
홀쩍 솟구친다
주천리 신일리 백성들아
허리 펴고 잔치하세
어린 혼령 다독다독 장능에 모셨으니
굽이굽이 쌓인 한은 이제는 녹아지라
세상살이 이만하면 흥청흥청 놀아보세
능청도 더러 떨며 어깨 춤사위로 걸어보리
물렁물렁 울렁울렁 흥청흥청 낭창낭창

* 단종이 억울하게 승하하자 세조의 처사를 온당치 못하게 여기는 민심이
내려오던 중 250년 후에 노산 묘를 장릉으로 추봉하고 새로 부임하는 강
원 관찰사에게 반드시 장릉을 참배하게 하였다. 원주에서 오는 관찰사 일
행이 주천강을 건너야 했으나 사인교와 말등이 일반 외 섶다리로는 건널
수 없어 동쪽은 주천리 서쪽은 신일리가 맡아서 다리 하나씩을 건설하여
영월 장릉에 갈 수 있었다. 돌아오던 관찰사가 수고한 주민들에게 술과
양식을 나누어 주며 백성들과 잔치하던 모습을 재현하는 놀이다.

석류꽃

나 세상에 나서 처음 대나무의 고장 담양에 갔지
길가 식당에서 점심 먹고 담배 연기 피해 서성이다가
길갓집 담장의 오렌지 빛깔에 끌려 가까이 가 보았지
석류꽃이래, 아담하고 앙증맞고 확실한 각을 가진 꽃
들이
석류를 맺게 할 꽃이래
조그만 벌들이 잉잉 날고 있었어
그 옛날 산사람들 등쌀에 논 밭뙈기 다 버리고
타향을 떠돌다 이승을 하직한 지 오래인
키 작고 다정한 대소쿠리 장사 부부
그 집에도 석류나무가 많았대
황량했던 고장을 환하게 홀로 지켰을 꿋꿋한 꽃
텅 빈 마당을 울면서 피어
웃으면서 열매 맺고
다시 울면서 기다렸을 석류나무
우리의 아픈 역사를 다 알고 있을 석류꽃
담양엔 석류꽃이 많이 피어 있었어

어깨 통증

어깨가 아프다
찬바람이 범인일까
민둥산 비탈 낙엽 덤불 밑에 고물거리던 상수리들
고놈들 옷 벗겨 손질하다 어깨가 탈 났나
늦가을엔 손이 보배다
손만 대면 모두 겨우살이 밑반찬들, 간식들
밤, 감, 풋고추, 호박, 대추, 무, 심지어 모과, 도라지,
생강까지 싹쓸이
추위 오기 전 거두어들일 게 너무 많아
어깨, 팔, 손가락 모두 시간외근무수당 없는 노동에
힘들다
필기구가 많다고 시가 잘 써지는 것은 아니고
손을 덜 쓴다고 어깨가 덜 아픈 것은 아니겠지만
손을 놓는 날도 언젠가는 닥치겠지만
밤새 더욱 색스러워진 뒷산을 보며
어깨, 손 아껴서
부디 아프지 말자고 나에게 조곤조곤 말해본다

노래하던 새들은 다 어디로 떠났을까

　　노란 창들이 무뚝무뚝 까만 허공 속으로 떨어지고
　　냉장고 찬물 한 모금 차르르 창자를 흐르는데
　　마냥 깨어 있기도 지겨워 스탠드 눈을 뽑고 일어나는
새벽
　　산밭 옥수수는 꽂으면 꽂는 대로 먹이 주면 주는 대로
잘도 받아먹고
　　냉큼냉큼 키가 커서 또 먹이를 보챘다
　　호박은 노랗게 뜬 줄기로 겨우 손가락을 고물거리는데
　　칡덩굴은 전깃줄같이 튼실한 다리로 한 발씩 성큼성큼
비탈을 뛰어내리고
　　아주까리는 떡잎부터 번들번들한 우산 펴들고 햇볕을
끌어당겼다
　　집 나온 개가 해 뜨는 쪽을 향해 꺼이꺼이 우는 곁에서
　　새침한 도라지 대궁이 죽죽 뻗어 올랐다
　　산뽕나무 잎은 피어오르자마자 약에 쓴다는 이들의 손
에 모두 뜯겨나가고
　　노랑원추리 한 대궁 외로이 피어 있다
　　가문 밭에 앉아 비실대는 들깨 모종들
　　뻐꾸기라도 한바탕 울어주면 일어설 것 같은데

뻐꾸기도 어쩌다 두어 번 울고는 목을 아낀다

더구나 꾀꼬리, 장끼 소리는 올여름 들어 한 번도 못
듣고

산비둘기 저린 울음이라도 끌어안아 주고 싶은데

그런데 모두 어디로 이사했을까

전봇대 같은 나무들만 더욱 키가 커져 산길이 어둡고

터널을 빠져나오는 차들만 우렁우렁 소리 내며 사라졌다

국광 한 알

내가 깨무는 너의 향기로운 몸
어릴 적 내 새끼들 볼
오지게 영근 국광 한 알
손 타지 않은 그 자주색 탱글한 볼을
후회 없이 와삭 깨물어 보네

싱그럽고 새툿하고 달콤하고 그리웁고

볼이 사과 닮은 과수원집 할매
꿀이 들었다며 못난이 마구 섞어
덤까지 주었네

육즙이 그대 주름진 옆얼굴에 튀어
핀잔 들으면서도
나는 와삭와삭 깨물며 옛날로 돌아가네

내 손의 손금 같은 상처 자국
마음속 흔적들
마음 아린 못다 준 사랑들

잠에서 막 깬 아가 볼 같은 사과
문질러 씻기며 깨물며
아침마다 행복한 애 엄마로 돌아가네

민둥산

바람산

산기슭 조심스레 깎아 만든
자고치 마을 등산로
야트막한 언덕엔
그냥 된서리 맞히기 아까운 보랏빛 들국화 무리

조금 오르니
가파른 기슭에 기우뚱 몸 붙이고 사는 야윈 상수리나
무 군락
불현듯 몸 떨며 우수수우수수
열매도 잎도 깡그리 손 털고 있는 중

정상으로 오르는 길엔
아직 익지 않은 억새꽃들
찬바람에 조금씩 몸 부풀리며
나부낄 채비 하고 있는 중
흐트러질 연습하고 있는 중

산꼭대기 무료 엽서 세 통씩 부쳐주는 우체통
주소 외우고 있는 두 곳에
따뜻한 말,
등 두드리며 보내고 있다

흩날리는 단풍잎

　초겨울 바람에 단풍잎이 바삭바삭 마른 몸으로 하늘로 솟구친다
　저 떨어질 자리를 찾지 못하고 공중에 마지막 비행을 한다
　지루하게 나무에 붙어살던 시절을 청산하고 한껏 공중으로
　아파트 8층 베란다 높이까지도 오르락내리락 하늘 높이 치솟으며
　유람을 시작한다
　어디에 내려앉을지 그런 건 근심하지 않는다
　그냥 허공중을 바람을 타고 실컷 흩날리며 세상 구경을 하는 거다

잔치국수

아흔두 번째 가을 맞는
내 어머니 식성은 나날이 다채롭다
새초롬 젊을 적엔 속 나빠 국수는 본 척도 않더니
요즘은 손수 담근 열무 물김치에 국수만 있으면
하루의 마무리가 깔끔하단다

한밤중 방고래 꺼질 것 같던 한숨 소리
질척이던 눈물도 이제는 그만
앞 뒷산 색색의 코딱지 같은 단풍 뭉치
쥐어뜯으며 울어도 시원치 않다던 그런 가을도 다 지
나고

세상만사 울고 웃으며
앞으로 두 걸음, 뒤로 세 걸음 걷는 가을

울긋불긋 잔치국수 그릇 속 가을
잘도 넘어가네

오늘

1,300고지 산 정상
살면서 이렇게 가슴 후련했던 날 몇 번쯤일까?
온몸을 흐르는 피는 힘차고 새콤하고
하늘은 손끝으로 쓸어보고 싶게 투명하여 눈물겹고
나무들 손으로 뚝뚝 떼어 놓은
마구 백설기 같은 눈 뭉치 달고
나를 그윽이 보네
하얀 눈벌판 잘 있었니?
그래 몇 번쯤 더 널 찾을 수 있겠니?
새처럼 가벼워져서
날아오를 것 같은 이 시각
고마워
모든 것이여!
모든 사람이여!
큰절 올리고 싶은 오늘!
부디 가지 마라
큰소리쳐 붙들고 싶은 오늘!

늙는다는 것은

골다공증약과
효자손이 필요해지는 것
날마다 우적우적 키만 크던 옥수수 같은 때는 다 지나고
단풍잎 닮은 개드룹 나물 탐식하고 독가스 내뿜다가
드디어, 오래 묵은 숙변 한 말쯤 쏟아낸 아침
내 안에 제겨야 할 것들 다 쏟아낸 것 같은 시원함
그래 조금씩 사람이 되어가는 거다

마지막 선별과정을 남긴 공산품처럼
완성품에 가까워지고 있는 건지
너무 커다란 것을 얻으려 하지 말고
자꾸 뒤로 미루지도 말고
뜻이 있을 땐 바로바로 행하고
몸이 시키는 대로 마음이 시키는 대로
그러다가 실수도 만발

파장에 떨이로 산 시든 나물 단을 탐탁지 않아 하며
귀로에 든 아낙처럼
그렇게 무거운 걸음을 옮기는 것

꽃구경

아무개도 잘 있느냐고 외손주 며느리까지 줄줄이 안부
물으시며
죽을 고비를 세 번이나 넘겨 오래 사나 보다 시며
핸드폰으로 죽을 고비 지난 얘기를 줄줄 꿰시는 구십
팔 세의 어머니
안 죽어서 큰일이라고, 텔레비전에선 백세시대라고 귀
가 닳도록 떠드는데
내일모레가 백세인데요 뭐 백 이십은 사셔야죠

밖에는 온갖 꽃 만발했을 텐데 꽃구경을 못 했대요
텔레비전은 잘 보이는데 베란다 창밖 풍경은 잘 안 보
인대요
어쩌다 밖에 나가시면 눈이 부시겠지요
안경 맞춰 달라세요
나는 멀리서 전화로만 효도한다

카약을 타는 남자

물 위에서 흔들리며
양손으로 물을 가르며
끝도 없이 출렁거리는
바다 같은 호수 위에서
싸우듯이 오늘을 살아가는
어깨 근육 쓰는 놀이
때로는 눈감고 만사 잊은 채
빙빙 돌며 졸듯이 누워 있기도 하지
잘못된 기억들은 지워야지

또다시 물갈퀴 같은 노를 쉬지 않고 저으며
달랑 혼자 힘으로 건너야 하는 건
세상살이 같기도 해
해, 물살, 바람, 시간을 한 톨 빠짐없이
어깨로 재고 있는 남자
지옥 같기도
천국 같기도 한 놀이
아무 생각 없다

늙은 느티나무

꽤 고집도 심통도 있겠다
팔뚝 불그러진 힘살이며
터질 듯한 장딴지, 힘깨나 쓰겠다
장년은 넘었음 직한데
다 떨구고 자랑스레 맨몸으로 서서
수많은 손들 손가락 펼쳐 무얼 얻으려는 것이냐
꽤 오랫동안 헛손질깨나 했을 터
손가락 마디 더욱 구부러지고 팔뚝 상처는 덧나고
아직도 무언가 붙들어야 할 것 있다는 듯
하늘 향해 고함지르며 서 있는,
늙은 느티나무

4 부

시

나는 눈물 없이 흐느끼고
검은 돌 쪼아 흰 물감으로 새기는 시
기도를 오르내리는 미세한 가래 같은
끈끈하고 기분 나쁜 것들을 뛰어넘으며
한 땀 한 땀 수를 놓는 시
자꾸 땅 밑으로 가라앉으려는 육신
조금씩 바다 밑으로 침몰하는 배
어디가 끝인지 그 끝을 보고 싶어
꾀춤을 단단히 그러잡고 가 보지만
무엇이 나올지는 아직 아무도 모르고
나는 눈물 없이 흐느끼며 새벽까지 헤매지만
쓰촨성 지진 먼지 뒤집어쓴
위풍당당 새벽안개 몰려오자
허공
그냥 가만히 자리를 내주고 물러난다

매화나무

털북숭이 강아지 다리 닮은

저 밑둥까지 다글다글 흰 꽃 매단
작은 키 수척한 몸피를
온통 꽃으로 칠갑을 하고도
흙이 닿는 데까지 꽃을 매달아
털북숭이 강아지 다리 닮은

세 살쩍 막둥이가 안고 놀던 털북숭이
살짝 흙이 튄 강아지 발목 닮은

꽃을 피우고 싶어 안달이 난 저 매화나무
한철을 활활 불태우고도 아직도 미진한
엊저녁 자분자분 안개비에도
살짝 흙이 튄 강아지 발목 닮은

무청 시래기

엊그제 미세먼지 날리고 바람 많이 불던 날
들어앉아 무청 시래기를 손질해 국도 끓이고 시래기
밥도 해 먹었다
가을볕에 잘 마른 무청 시래기가 오래전 영화 솔로몬
과 시바의 여왕에서
시바의 여왕 머리 뭉치처럼 풍성하기도 한데 철사처럼
빳빳했다
여왕으로 분장한 지나롤로부리지다의 고혹적인 몸매
와 연기가 생각나고
34세 연하남과의 스캔들이 생각나고
또 그 시절 우리를 매혹시켰던 남성미 넘치는 배우들
과 잉그릿 버그만 같은 매혹적인 명배우들을 떠올리며
시래기 손질하는 동안이 지루하지 않았다
티브이도 없고 아직 국산영화라야 몇 편 되지 않던 그
시절
우리는 수입외화에 열광했었다

뱃속을 한바탕 수세미로 닦은 듯 개운해 지는 밤

구수한 시래기 된장국에 잘 익은 김장김치로 몇 끼니
가 행복했다

부여에서

남공주 지나자
길은 한산했다
이따금 마주치는 차들이 서로 윙크를 했다
먼 산 드문드문 산 벗은 녹아내리고
그곳 정원에서
올해 처음 흰 라일락을 만났다
알량한 핸드폰을 들이댔다
진한 향에 가슴이 벌렁대서
간신히 찍었다
핸드폰 대기 화면으로 저장했다
핸드폰 열 때마다
솔솔 향이 배어 나왔다
저녁 어스름에 찍힌
흰 라일락이 은근했다

봄날

무언가 들썩이는 것들로 가득한 산길

무더기무더기 들찔레 향기가 내 **뺨**을 만지며 왜 이제
왔느냐고

왜 그리 발걸음 뜸했었냐고 살짝살짝 곁눈질로 바라보
며 웃고

충충나무는 동글동글 꽃을 단채 무덤덤하게 서 있고

망초 대는 죽죽 뻗은 상투 끝에 앙증맞은 꽃봉오리를
바람에 살랑살랑

확 터질 개화의 순간을 그리며 일렁거리는데

키가 자랄 대로 자란 치렁치렁한 마늘잎

벌써 쇠기 시작한 취나물이 군데군데 손짓하는 소나무
숲에서

왜 이제야 왔는지 모르겠다고 이렇게 날 반기는, 내
뺨을 애무하는 너희를

멀리하고 **뻣뻣한** 저잣거리에서만 머물렀는지 모르겠
다고 후회하며 돌아오는데

열여섯 어린 처자처럼 보드레한 **뺨**을 만지며 돌아오는
데

찔레꽃 향기 그렇게 내 **뺨** 문질러 보드랍게 해주던 날

간절한 것

불에 데어 불같이 우는 첫아이
안고 어르며 마당을 누비고 돌아다닐 때
병원은 멀고 응급처치는 했으니 괜찮다 해도
참말 마음이 간절했다

한창 뼈 굵어가는 애들
멀리 떼어 놓고 공부시키며
제대로 돌보지 못하고 끌탕 할 때
정말이지 간절했다

스무 살 첫사랑 시절 애타는 마음
이렇게 간절한 건 자주 할 일은 아니라 싶었다

간절하다는 것은 피를 말리는 일

이젠 늙고 힘없어
간절함 근처를 가까이하고 싶지 않다
그저 심상하게 멀뚱멀뚱 소처럼 살지

잘 익은 깍두기 맛

들큰슴슴 푸른 덤불이고 자란
매운맛 알큰한 날 무맛에
마늘, 새우젓, 쌉쌀한 소금 맛까지
제각각의 맛들이 삐죽삐죽 비어져 나온 설익은 깍두기
작은 통에 덜어져 선선한 창가에 몇 며칠
모서리 야들 새콤 아삭 알맞게 익어
남은 다지기 양념까지 꼴딱꼴딱 목젖을 쓰다듬을 때
참말 그렇게 맛깔스럽게 익어 너에게 다가갈 수 있었
다면

그동안 그런 맛
삶의 골목골목 모두 놓친 건 아닐까

시큰둥하던 식탁이
벌떡 일어나 춤추기 시작하고
박자를 맞추어 발을 구르게 하고
웃음이 비어져 나오는 식탁
우리들의 행복한 저녁 식탁이 되게 하네

작은 기도

허락해 주시라고
무엇을 주시라고만
기도 하지는 말자
충분히 허락할 만큼 허락하신 이 세상에서
속속들이 느끼며 누릴 수 있는 마음자리를 위해서 기
도하자

이 맑은 공기 이 깨끗한 물
이 한 끼의 조촐한 음식과
이 살뜰한 살붙이들을 감사하자
그것만으로도 우리는 충분히 축복받은 삶
아닐까

가을에 피는 꽃

물가에 반쯤 힘이 빠진 듯한
달맞이꽃 향기가 나를 취하게 하는구나
제 힘껏 속의 향을 내뿜는듯한 그 향이 나를 아찔하게
하는구나
아직은 잔 개미들도 들락날락 꿀을 찾아 드나들고
동산언덕에 동그란 얼굴 팽팽하게 웃는 진보랏빛 나팔
꽃은
또 왜 그리 팔팔하냐
산모퉁이 흰 구절초는 또 그리도 또록또록 피어 누구
에게 무엇을
전하려는 것이냐
얼마 남지 않은 날들은 꽃들을 더욱 정성껏 피우게 하고
더 진한 향기를 뿜게 하는 것이리라
가을꽃
마지막 불꽃 같은 사랑을 전하려는 연인들 같다

해동

더께로 눌어붙었던 눈
스르르 녹은 후
바윗돌 같았던 시커먼 비탈밭
몇 번의 봄비에
바알간 볼
토실한 엉덩이가
잘 발효된 빵 반죽
치미는 봄 입김에
뜨거운 번철 위 풀석풀석 부푸는 수수부꾸미
이윽고
고물고물 눈트는
꼼지락 꼼지락 벙그는
화들짝 날아오르는
봄
봄들

봉숭아물

지난여름 영춘 물가 배 마중 갔다가
봉숭아꽃 한 움큼 따왔지
밤새 수잠 들며 손톱에 옮겨 심고
그러기를 세 번 하니 층층 무늬 아롱다롱
자라는 손톱 따라 달라지는 색깔 들여다보며
여름이 무덥지 않았지

오늘이 입동이래
마지막 봉숭아물 보내기 싫어 아껴서 손톱을 깎았다
곱던 봉숭아물
많이 쓴 오른손과 왼손이
흐리고 새뜻하게 다른 빛깔 반달로 쬐끔 남았지만
지난여름은 살 만했었다
넘어지고 상처 나고 부대꼈지만
산은 언제나 푸근하였고
호숫물도 여울물도 가슴을 시원케 했다

어느 날의 일기

나는 늘 어리석고 조급했다
어떤 생각 하나를 옳다고 생각하면
그쪽으로 꽂히면
사소한 것들은 무시하고 돌진하는 버릇
좀 더 지혜롭게 다른 것들도 살펴보는 신중함이 있어
야 했다
세상에는 큰 것들만 소중한 것이 아니다
사소한 것들이 실상은 큰 것을 이루나니
잔잔한 마음의 평화가 얼마나 중요한지
나는 다 늦은 다음에야 알았지

때는 이미 해 질 무렵이네
되돌리기엔 너무 늦은 시각
그러나 사는 날까지
이것만은 명심하자
내 마음의 평화

산딸기 잔치

오월의 끝자락
무심한 홀로 산책 중
살짝 안 가던 길로 들어서자
뜻밖의 산딸기 덤불
이들이들 농익은 품 넓은 살굿빛
새침이 서슬이 선 덜 익은 딸기들
진홍빛 잔칫상이네

숨 가쁘게
입으로
조그만 봉지 속으로
왜 손가락이 둘뿐일까
정신없이 딸기 덤불 안고 한나절 놀다 보니
내 여린 뱃살에
온통 산딸기 문신이 찍혀있었네
즐겁고 가려운 산딸기 문신
오래도록 자주 빛 그림으로 남아있었네

잘 가라 세월

분노하지 않기로 하자
슬퍼하지도
불쌍해하지도
그냥 마음 다독거리기로 하자
혹독한 가뭄 속
아등바등 자란 무를 뽑으며
난쟁이 노란 얼굴 강낭콩 북을 주며
눈물이 흐르고 만다
호밋자루 팽개치고
바삭바삭 간신히 피운 알록달록 패랭이꽃 덤불 속에
앉아
청때 낀 물웅덩이나 바라보다가
우중충한 하늘이나 바라보다가
그냥 세월 가라고 하자
어서어서 이 시절 떠나보내고 말자
호호백발 구부러진 세월이라도
지금보다는 나으리

땅끝

땅끝에 다다르면
물구나무서기를 하고 싶다
거꾸로 서서 보면
줄줄이 실타래 풀리듯이 풀려 나오는 지난날들
비틀비틀 휘청거릴 때
엎드려 올 수 있었던 품 넓으신 그분
그리고 詩여

손금처럼 빤한 남은 길 바라보며
어떻게 살아야 하나
일 순위로 값나가는 일은 무엇일까
다 집어치우고 물에 풍덩 빠져버릴까
완전 무장 해제된 사람 하나
회색빛 하늘과 펄 사이 떠돌고 있다

해설

따뜻한 심성, 유추의 논리, 긍정성의 눈
― 고인숙의 시 세계

권 온(문학평론가)

1.

 전북 군산 출생의 고인숙은 2002년 계간 『동강문학』 신인상에 당선되면서 시단詩壇에 등장한 이후 2008년 시집 『모래의 날들』을 출간했으며 현재 영월동강문학회 회원으로서 활발하게 활동하고 있다. 이 글은 성숙과 성찰의 산물인 시인의 두 번째 시집에 주목하려는 시도이다. 여기에서 독자들과 공유하려는 고인숙의 구체적인 시편은 「가위를 든 여자」「밥」「불현 듯 깨닫는 것」「우리는 무엇이 되어」「시련은 깜찍하다」「국광 한 알」「흩날리는 단풍잎」「잔치국수」「늙는다는 것은」「간절한 것」 등이다. 한 시인의 시를 읽는 일은 한 고유한 개성을 경험하는 일이다. 작지만 소중한 어떤 세계의 건축에 기꺼이 동참할 수 있는 특권이 우리에게 주어졌다는 사실은 경이驚異

일지도 모른다.

2.

> 작은 먼지들이 쌓여 그것이 굳어지면
> 찌든 때가 되고, 오물이 되고
> 그렇다고 날마다 전전긍긍 살 수는 없지만
> 그렇더라도 우리는 늘 청소,
> 청소가 필요해
> 쓸데없는 것들을 깨끗이 닦아내다 못해
> 가위를 들고 싹둑싹둑 오려낼 필요가 있어
> 억울함이나 가슴 저릿한 아픔
> 그런 걸 되뇌기엔 우리들의 시간은 너무나 짧지
> 가버려라 아픔이여
> 나는 가위를 들고 있어
> 용서 없이 자르고 가벼워질 거야
> ─「가위를 든 여자」 전문

　시의 화자 '나'는 '가위를 든 여자'이다. 그녀가 가위를 들게 된 까닭은 '작은 먼지들' 때문이고 '찌든 때' 때문이며 '오물' 때문이다. 인간은 이 세상에서 삶을 영위면서 '쓸데없는 것들'과 수시로 조우한다. 나이가 들어간다는 것은 우리의 몸에 악착같이 들러붙는 것들이 쌓여간다는 의미이기도 하다. '나'는 '억울함이나 가슴 저릿한 아품' 같은 오염된 것들을 가위로 오려내고자 노력 중이다. 자신에게 주어진 시간이 한정적임을 깨달았기에 '나'는 "용서 없이 자르고 가벼워질 거야"라는 단언을 시도한다. 부정의 무거움을 떨치고 긍정의 가벼움을 지향하는 시인의 행보가 경쾌하다.

> 그 한 그릇의 의미
> 그 따뜻함과
> 그 눈물겨움과
> 그 흐뭇함을
>
> 칼바람 엄동의 저녁
> 헛헛한 창자 속을 비집고 들어오는 시래깃국에 말은 밥 한 그릇
> 그것을 위해 진종일 서성거리던 지게를 진 남자
> 노심초사 뛰는 사람들
> 그것을 위해 무참히 무릎 꺾는 사람들
>
> 밥이 곧 목숨이던
> 그러나 요사이는 슬슬 멀리하기도
> 하지만 하루도 진득한 밥에서 떨어질 수 없는 우리들
> ─「밥」 전문

한국인에게 '밥'은 어떤 의미로 다가오는가? 고인숙에 따르면 밥 한 그릇에는 '따뜻함'과 '눈물겨움'과 '흐뭇함'

이 담겨있다. 우리는 '시래깃국에 말은 밥 한 그릇'을 먹으며 '칼바람 엄동의 저녁'을 견딘다. '진종일 서성거리던 지게를 진 남자'나 '노심초사 뛰는 사람들' 또는 '무참히 무릎 꺾는 사람들'은 밥을 얻으려 분투하는 한국인의 다양한 유형類型을 가리킨다. '벼'가 '쌀'이 되고, '쌀'이 '밥'이 되는 과정은 우리가 '목숨'을 유지하는 과정이기도 하다. 고인숙의 「밥」은 함민복의 「긍정적인 밥」과 아름답게 악수하면서 '시'와 '밥'의 따뜻함을 환하게 밝힌다.

> 우리는 이 세상 한 모퉁이를 살짝 붙들고,
> 발붙이고 소리 없이 살다 가는 것이다
> 이 세상을 다 알지 못하고,
> 다 맛보지 못하고 다 누리지 못하고
> 결국 스러져 갈 하루살이 같은 것이다
> 늦가을 잎 다 떨어진 숲길에서
> 소스라치게 깨닫는 이것
> 그래 아무리 발버둥 쳐 봐도
> 결국 우리는 그것 밖에는 아닌 것이다
>   ―「불현듯 깨닫는 것」 전문

시인은 '이 세상'을 이야기한다. 고인숙에 따르면 인간은 곧 '우리'는 "이 세상 한 모퉁이를 살짝 붙들고,/ 발붙이고 소리 없이 살다" 간다. 그녀의 진단에 의하면 '우리'는 '이 세상'과 대비되는 미약한 존재이다. 시인은 인간

을 "이 세상을 다 알지 못하고,/ 다 맛보지 못하고 다 누리지 못하고/ 결국 스러져 갈 하루살이 같은 것"으로 규정한다. 인간은 '이 세상'의 '전부'를 알지 못하고, 맛보지 못하고, 누리지 못한다. 다만 '우리'는 '이 세상'의 '한 모퉁이'를 '살짝' 체험할 뿐이다.

인간은 파릇파릇한 '새봄'을 맞이하던 유년幼年이 어느새 '늦가을 잎 다 떨어진 숲길'에 위치한 노년老年이 된다는 불가피한 진실을 맞닥뜨려야 한다. 시인은 여기에서 '우리'가 '아무리 발버둥 쳐 봐도' 주어진 숙명을 벗어날 수 없음을 단언한다. 그녀는 인간의 운명이 '하루살이'의 그것과 별반 다르지 않음을 '불현듯' '소스라치게' 깨달았음을 고백한다. 고인숙은 이 시의 마무리를 "결국 우리는 그것밖에는 아닌 것이다"라는 진술로 진행하는데 독자는 이 메시지를 어떤 관점에서 수용해야 할까?

시인의 단언은 삶의 진실을 냉정하게 이야기하고 있으나, 이를 무조건적인 비관悲觀으로 연결시킬 필요는 없을지도 모른다. 김달진의 시 「샘물」에 나오는 '조그마한 샘물'은 "바다같이 넓어진다" '조그마한 샘물'이 '동그란 지구'로 연결되듯이, 우리가 고인숙의 시 「불현듯 깨닫는 것」에서 경험하는 맛보고 누리는 '한 모퉁이'도 '이 세상'과 조우할 수 있기 때문이다. 독자들이 이 시를 읽으며 각자의 내면에서 타오르는 긍정성의 불꽃을 확인할 수 있다면 더할 나위 없이 좋을 게다.

꿈을 머금은 낱말들이 줄줄이 별똥별 되어 곤두박질치
는 밤
까무룩 졸면서 페이지를 넘기는데
그새 참깨 꽃 하얗게 피고지고
포도는 탱탱 익어가고
우리는 모두 자꾸 낡아가고
영근 강냉이알 같던 시절도 지나
새벽이 오면
비 온 뒤 계족산 갈피에서 피어오르다 흩어지는 수증기
닭의 발이 후벼 판 수많은 계곡에서 피어오르다 흩어지
던 수증기들
벳부 온천 분화구에서 피어오르던 수증기들
수증기는 구름이 되고
또 비가 되고
또 무엇이 되어 떠돌다 스러질까
우리는 모두

　　　　　　　　　　　　　—「우리는 무엇이 되어」 전문

'밤'은 '꿈'을 허락하는 시간이다. '우리'의 삶은 아름다
운 '낱말들'이 새겨진 꿈의 '페이지'를 넘기는 시간이다.
우리네 인생은 '익어가고' '낡아가고' '피고지고' 한다. 플
러스의 상승과 마이너스의 하강을 두루 체험하는 인간
의 '밤'은, 인간의 삶은 영원히 지속될 수 없다. '우리'의
밤은 언젠가 '새벽'을 맞이하기 마련이다.
　시인은 '계족산 갈피'나 '벳부 온천 분화구' 같은 구체

적인 시공時空에서 피어오르는 '수증기'를 바라보면서, 현실과 '꿈'이 미묘하게 섞이는 순간을 이야기한다. 그녀의 시선은 '수증기'에서 '구름'으로, '구름'에서 '비'로, '비'에서 또 '무엇'으로 연결된다. '꿈' 같은 '밤'의 삶을 마무리해야 하는 노년의 시기에, '새벽'을 예감하는 황혼의 시기에 고인숙은 '우리는 무엇이 되어' '떠돌다 스러질까'라는 엄숙한 질문을 던진다. 시인이 던지는 질문은 스스로를 향한 질문인 동시에 이 시를 읽는 독자를 위한 것이다.

고인숙은 우리가 '무엇이 되어 떠돌다 스러질까'라고 이야기하지만, 이 진술의 핵심은 '떠돌다 스러질까'에 놓인 게 아닐 수도 있다. 시인은 이 시에서 '우리'는 곧 '너'와 '나'는 '어디서 무엇이 되어 다시 만날까'라는 메시지를 함축하고 있는 건 아닐까? 김광섭의 시 「저녁에」의 마지막 구절이자 서양화가 김환기의 작품 제목인 '어디서 무엇이 되어 다시 만나랴'처럼.

얼린 바나나를 입에 넣고
시린 이를 어쩌지 못해 입 벌린 채 절절매면서도
그 달콤함에 뱉을 수도 삼킬 수도 없는 몇 초의 시간을 견디는 것처럼
인생에서 우리들의 시련도 그렇게 짧고 깜찍할 거라 믿고 싶다
눈 꾹 감고 잠시만 참는 거다

그리고 호두 포도 단 호박이 여물 듯이 우리들의 꿈이나
소망도 그렇게 실팍하게
여무는 가을이 있을 거라 생각한다
—「시련은 깜찍하다」 전문

우리는 여기에서 '시련은 끔찍하다'가 아닌 '시련은 깜
찍하다'를 선택할 수 있는 고인숙의 용기와 배짱을 확인
한다. '시련'을 피할 수 없는 삶에서 이를 '몇 초의 시간'
으로 전환하는 능력은 긴요하다. '길고 끔찍한 것'으로서
의 시련이 아닌 '짧고 깜찍한 것'으로서의 시련을 상상하
는 일은 낙관적 인생관의 출발일 수 있다. 시인이 "호두
포도 단 호박이 여물 듯이 우리들의 꿈이나 소망도 그렇
게 실팍하게/ 아무는 가을이 있을 거라 생각한다"고 진
술할 때, 독자는 각자의 '꿈'과 '소망'을 그것의 성취를 자
연스레 떠올린다. 오늘부터 우리에게는 마법의 주문이
그득하다. '시련은 깜찍하다'

내가 깨무는 너의 향기로운 몸
어릴 적 내 새끼들 볼
오지게 영근 국광 한 알
손 타지 않은 그 자주색 탱글한 볼을
후회 없이 와삭 깨물어 보네

싱그럽고 새틋하고 달콤하고 그리웁고

볼이 사과 닮은 과수원집 할매
꿀이 들었다며 못난이 마구 섞어
덤까지 주었네

육즙이 그대 주름진 옆얼굴에 튀어
핀잔 들으면서도
나는 와삭와삭 깨물며 옛날로 돌아가네

내 손의 손금 같은 상처 자국
마음속 흔적들
마음 아린 못다 준 사랑들

잠에서 막 깬 아가 볼 같은 사과
문질러 씻기며 깨물며
아침마다 행복한 애 엄마로 돌아가네
　　　　　　　　　—「국광 한 알」 전문

　　시의 화자 '나'는 '국광 한 알'을 깨문다. '나'가 깨무는
대상은 '사과'인 동시에 '내 새끼들 볼'이다. 이 시의 '너'
는 '오지게 영근 국광 한 알'인 동시에 '손 타지 않은' 자
식들의 '자주색 탱글한 볼'이다. '나'는 사과를 먹으면서
자식을 떠올린다. 잘 익은 사과의 외양이 어린 자식들의
탱글탱글한 볼을 환기하는 것이다.

　　잘 익은 사과를 이야기하는 동시에 탱글탱글한 어린
자식의 볼을 가리킬 수 있다는 점에서 고인숙은 참된 시

인이다. 그녀의 시는 잘 알려진 것과 덜 알려진 것을, 눈앞에 보이는 것과 눈앞에 보이지 않는 것을, 익숙한 것과 낯선 것을 함께 아우르는 지점에서 시가, 문학이, 예술이 환하게 피어오른다는 사실을 적실하게 보여준다.

이 작품에서 '국광 한 알'은 '내 새끼들의 볼'이면서 사과를 파는 '과수원집 할매의 볼'이기도 하다. '나'는 사과의 육즙이 과수원집 할매의 주름진 옆얼굴에 튀겨서 핀잔을 들으면서도 '국광 한 알'을 깨무는 일을 멈출 수 없다. '나'는 '잠에서 막 깬 아가 볼 같은 사과'를 깨물며 '옛날'로 돌아갈 수 있기 때문이다. '나'가 회귀하려는 '옛날'은 '아침마다 행복한 애 엄마'였던 시간이다. '나'는 사과를 깨물면서 아이들에게 '못다 준 사랑들'과 아이들에게 주었던 '상처 자국'을 들여다본다. '국광 한 알'을 깨무는 일은 '옛날'로 돌아가서 사랑을 일깨우고 상처를 치유하는 메커니즘이다.

초겨울 바람에 단풍잎이 바삭바삭 마른 몸으로 하늘로 솟구친다
저 떨어질 자리를 찾지 못하고 공중에 마지막 비행을 한다
지루하게 나무에 붙어살던 시절을 청산하고 한껏 공중으로 아파트 8층 베란다 높이까지도 오르락내리락 하늘 높이 치솟으며
유람을 시작한다
어디에 내려앉을지 그런 건 근심하지 않는다
그냥 허공중을 바람을 타고 실컷 흩날리며 세상 구경을

하는 거다

　　　　　　　　　　　　　　　　　　—「흩날리는 단풍잎」 전문

　앞에서 살핀 시 「국광 한 알」에서 고인숙은 '사과'와 '자식의 볼'을 함께 이야기했다. 두 겹의 읽기, 겹쳐 읽기를 허락하는 그녀의 시는 독자의 관심과 호기심을 유도한다. 「흩날리는 단풍잎」의 경우도 그러하다. 이 시는 '초겨울 바람에' '하늘로 솟구' 치는 '단풍잎'의 '마지막 비행'을 묘사한다. '단풍잎'은 '나무에 붙어살던 시점'의 지루함을 극복하고 '아파트 8층 베란다 높이'라는 스스로에게 주어진 최대치의 높이에 도전한다. '단풍잎'은 '어디에 내려앉을지' 곧 결과를 미리 걱정하지 않는다. '단풍잎'은 그저 '한껏 공중으로' 도약하여 "그냥 허공중을 바람을 타고 실컷 흩날리며 세상 구경을 하는 거다"

　'유람'이나 '세상 구경'이라는 표현에서 짐작할 수 있듯이, 시인이 여기에서 관찰하는 '단풍잎'은 단순히 '단풍잎'에만 국한되는 대상이 아니다. 고인숙이 바라보는 '마지막 비행'을 하는 '흩날리는 단풍잎'은 만년晚年에 접어든 인간을 암시한다. 인간은 대개 죽음의 시간이 다가올수록 근심과 걱정을 하기 마련이다. 시인은 우리에게 제안한다. 스스로의 최후를 정확하게 아는 일은 불가능하기에, 우리는 이 세상에서의 삶을 하나의 '유람'으로써 어떤 '구경'의 과정으로써 생각해야 하는 건 아닐까? 곱씹어 읽을 일이다.

아흔두 번째 가을 맞는
내 어머니 식성은 나날이 다채롭다
새초롬 젊을 적엔 속 나빠 국수는 본 척도 않더니
요즘은 손수 담근 열무 물김치에 국수만 있으면
하루의 마무리가 깔끔하단다

한밤중 방고래 꺼질 것 같던 한숨 소리
질척이던 눈물도 이제는 그만
앞 뒷산 색색의 코딱지 같은 단풍 뭉치
쥐어뜯으며 울어도 시원치 않다던 그런 가을도 다 지나고

세상만사 울고 웃으며
앞으로 두 걸음, 뒤로 세 걸음 걷는 가을

울긋불긋 잔치국수 그릇 속 가을
잘도 넘어가네

— 「잔치국수」 전문

「국광 한 알」에서 '내 새끼들' 곧 '자식들'을 다뤘던 고
인숙은 「잔치국수」에서 '내 어머니'를 이야기한다. 전자前
者에서 누군가의 어머니였던 시인은 후자後者에서 누군가
의 딸임을 선언한다. 「잔치국수」는 '내 어머니의 식성'의
변화를 보여준다. '새초롬 젊을 적'과 '아흔두 번째 가을'
은 '국수'를 사이에 두고 극명하게 대조된다. 어머니가

청춘 시절 본 척도 않던 국수를 늘그막이 되니 매일매일 학수고대하게 되었다는 이야기.

이 시는 또한 삶을 대하는, 인생을 향한 어머니의 태도 변화를 다룬다. '한숨 소리'와 '눈물'과 '울음'으로 점철되었던 젊은 어머니는 아흔 고개를 넘어가면서 '세상만사'를 달관하는 경지에 이르렀다. 어머니의 이제 '울음'이 '웃음'의 다른 이름이고, '뒤로 세 걸음' 걷는 일이 '앞으로 두 걸음' 나아가는 것과 다르지 않음을 깨달았다. 삶의 진실을 깨달은 자의 여유를 담은 "울긋불긋 잔치국수 그릇 속 가을/ 잘도 넘어가네"에 담긴 흥취가 여간 아니다.

골다공증약과
효자손이 필요해지는 것
날마다 우적우적 키만 크던 옥수수 같은 때는 다 지나고
단풍잎 닮은 개드릅 나물 탐식하고 독가스 내뿜다가
드디어, 오래 묵은 숙변 한 말쯤 쏟아낸 아침
내 안에 제껴야 할 것들 다 쏟아낸 것 같은 시원함
그래 조금씩 사람이 되어가는 거다

마지막 선별과정을 남긴 공산품처럼
완성품에 가까워지고 있는 건지
너무 커다란 것을 얻으려 하지 말고
자꾸 뒤로 미루지도 말고
뜻이 있을 땐 바로바로 행하고

몸이 시키는 대로 마음이 시키는 대로
그러다가 실수도 만발

파장에 떨이로 산 시든 나물 단을 탐탁지 않아 하며
귀로에 든 아낙처럼
그렇게 무거운 걸음을 옮기는 것
　　　　　　　　　　　　　　　—「늙는다는 것은」 전문

　언젠가 '죽음'을 맞이한다는 사실은 모든 인간에게 공평하게 적용되는 현상이다. 질병이나 사고事故 같은 요인을 제외한다면 일반적으로 노화老化가 죽음으로 가는 문을 여는 열쇠이다. 고인숙은 이 시에서 '노화' 또는 '늙는다는 것'에 관해서 천착한다. "골다공증약과/ 효자손이 필요해지는 것"이 '늙는다는 것'의 전부는 아닐 게다. 시인에 따르면 '노화'는 '오래 묵은 숙변 한 말쯤 쏟아낸', 불필요한 것을 배출했을 때 찾아오는 '시원함'과 같다.

　질풍노도의 청춘이 지나가고 '늙는다는 것'을 인식할 때, 우리는 비로소 '조금씩 사람이 되어가'고 '완성품에 가까워지고 있다'. 고인숙은 독자에게 "너무 커다란 것을 얻으려 하지 말고/ 자꾸 뒤로 미루지도 말고/ 뜻이 있을 땐 바로바로 행하고/ 몸이 시키는 대로 마음이 시키는 대로" 움직일 것을 제안한다. '실수도 만발'할 수 있음을 인정하는 용기가 자랄 때, 우리는 시원한 사람, 완성을 지향하는 사람이 될 수 있다. 시인은 이 시에서 '늙는다

는 것'의 본질을 부정성否定性이 아닌 긍정성肯定性에서 찾
는다. 찬찬히 음미할 일이다.

불에 데어 불같이 우는 첫아이
안고 어르며 마당을 누비고 돌아다닐 때
병원은 멀고 응급처치는 했으니 괜찮다 해도
참말 마음이 간절했다

한창 뼈 굵어가는 애들
멀리 떼어 놓고 공부시키며
제대로 돌보지 못하고 끌탕 할 때
정말이지 간절했다

스무 살 첫사랑 시절 애타는 마음
이렇게 간절한 건 자주 할 일은 아니라 싶었다

간절하다는 것은 피를 말리는 일

이젠 늙고 힘없어
간절함 근처를 가까이하고 싶지 않다
그저 심상하게 멀뚱멀뚱 소처럼 살지
　　　　　　　　　　　　　　—「간절한 것」 전문

　형용사 '간절하다'의 사전적 의미는 '정성이나 마음 씀
씀이가 더없이 정성스럽고 지극하다' 또는 '마음속에서

우러나와 바라는 정도가 매우 절실하다'이다. 이 시는 '간절한 것'을 이야기한다. 시인은 '간절함'이 충만했던 젊은 시절을 회상한다. '불에 데어 불같이 우는 첫아이'를 '병원'에 데려가지 못한 엄마의 마음은 간절했고, '한창 뼈 굵어가는 애들' '제대로 돌보지 못하고 끌탕할 때' 엄마의 마음은 간절했으며, '스무 살 첫사랑 시절 애타는 마음' 또한 간절했다.

고인숙은 '이젠 늙고 힘없어' 깨달았다. 그녀는 '이렇게 간절한 건 자주 할 일은 아니라'고 생각한다. '간절하다는 것은 피를 말리는 일'이기 때문이다. 늘그막에 접어든 이는 이제 "간절한 근처를 가까이하고 싶지 않다" 시인은 더 이상 피를 말리는 긴장과 고통을 견딜 수 없기에 '그저 심상하게 멀뚱멀뚱 소처럼 살'고자 한다. 우리가 기억해야 할 것은 '간절함'의 강을 건넌 자에게만 '심상함'이라는 자유와 여유의 벌판이 허락된다는 사실이다.

3.

고인숙의 새로운 시집을 읽었다. 늦은 나이에 시인詩人의 이름을 얻은 그녀이기에 시를 향한 간절함은 남다를 것이다. 시인에게는 이번 시집이 마지막 시집이 될지도 모른다는 생각이 있을지도 모른다. 노년에 꽃피운 시심詩心이 소멸되기 전에 기록으로 남겨야 한다는 절박감 속에서 탄생한 산물이 고인숙의 시이다.

시인은 「가위를 든 여자」에서 자신에게 주어진 시간이 한정적임을 깨닫고 부정의 무거움 너머에 위치한 긍정의 가벼움을 지향하는 경쾌한 행보를 실천한다. 고인숙의 「밥」은 함민복의 「긍정적인 밥」과 아름답게 악수하면서 '시'와 '밥'의 따뜻함을 환하게 밝힌다. 독자가 「불현듯 깨닫는 것」에서 경험하는 맛보고 누리는 '한 모퉁이'는 '이 세상'과 조우할 수 있다. 우리가 이 시를 읽으며 각자의 내면에서 타오르는 긍정성의 불꽃을 확인할 수 있다면 더할 나위 없이 좋을 게다. 고인숙의 시 「우리는 무엇이 되어」는 김광섭의 시 「저녁에」와 김환기의 그림 〈어디서 무엇이 되어 다시 만나랴〉와 창의적으로 접속하는 중이다. 우리는 「시련은 깜찍하다」에서 '시련은 끔찍하다'가 아닌 '시련은 깜찍하다'를 선택할 수 있는 시인의 용기와 배짱을 확인한다. 「국광 한 알」은 잘 알려진 것과 덜 알려진 것을, 눈앞에 보이는 것과 눈앞에 보이지 않는 것을, 익숙한 것과 낯선 것을 함께 아우르는 지점에서 시가, 문학이, 예술이 환하게 피어오른다는 사실을 적실하게 보여준다. 두 겹의 읽기, 겹쳐 읽기를 허락하는 「흩날리는 단풍잎」은 독자의 관심과 호기심을 유도한다. 삶의 진실을 깨달은 자의 여유를 담은 「잔치국수」에 담긴 흥취가 여간 아니다. 시인은 「늙는다는 것은」에서 '늙는다는 것'의 본질을 부정성否定性이 아닌 긍정성肯定性에서 찾는다. 찬찬히 음미할 일이다. 우리가 「간절한

것」에서 기억해야 할 것은 '간절함'의 강을 건넌 자에게
만 '심상함'이라는 자유와 여유의 벌판이 허락된다는 사
실이다.

고인숙의 두 번째 시집에서 엄선한 열 편의 시는 삶이
라는 여행의 끄트머리에 도달한 이의 내면을 섬세하게
보여준다. 시인은 따뜻한 심성의 소유자이고 긍정성의
눈으로 세계를 주시한다. 용기와 배짱으로 무장한 그녀
는 두 겹의 읽기, 겹쳐 읽기를 허락하는 진정한 시를 내
세운다. 고인숙 시의 화자 '나'는 누군가의 엄마이자, 누
군가의 딸로서 인생을 견뎌온, 청춘의 불안과 격정을 슬
기롭게 극복한 사례가 된다. 유추의 논리에서 발원한 시
인의 시 세계는 더할 수 없이 당당하고 아름답다. 그녀
의 삶과 시가 더욱 행복하기를 바라 마지않는다.